소중한  _____

_____ 가(이) 드립니다.

_____

김병규 글

1948년 경북 군위에서 태어났습니다. 따뜻한 눈길로 사람과 자연을
마주 보며, 그 속에 담긴 철학을 재미있게 풀어내는 동화작가입니다.
1978년 한국일보 신춘문예에 동화「춤추는 눈사람」, 1981년 중앙일보
신춘문예에 희곡「심심교환」이 당선되어 작품 활동을 시작했으며,
대한민국문학상 · 소천아동문학상 · 이주홍문학상 · 박홍근아동문학상 등을
받았습니다. 지은 책으로 창작 동화집「나무는 왜 겨울에 옷을 벗는가」
「요리사의 입맛」「종이칼」「백 번째 손님」, 장편 동화「까만 수레를 탄 흙꼭두장군」
「그림 속의 파란 단추」「아침 자장가」, 어른을 위한 동화「떨어져야 꽃이다」
「희망을 파는 자동판매기」등이 있습니다. 소년한국일보 취재부장 · 편집국장을
역임했으며, 지금은 한국아동문학인협회 회장으로 일하고 있습니다.

이태영 사진

1947년 경북 군위에서 태어났습니다. 인간이 겸허해지도록
일깨우는 자연의 죽비를 찾아내는 데 관심이 많으며, 연꽃을 통해
삶의 오묘함을 파고들어 알려고 하는 작업을 오랫동안 해 왔습니다.
개인전「사계(四季) Ⅰ」「이태영의 연(蓮)」「해야 솟아라」등을 서울과
대구에서 열었으며,「이태영의 연」은 광주 남봉갤러리와 타이완
장개석기념관에서 초대전을 가졌습니다. 그동안 사진집「사계 Ⅰ · Ⅱ」
「이태영의 연 Ⅰ · Ⅱ」를 펴냈으며, (사)한국사진작가협회 부이사장을 지냈습니다.
지금은 대한민국사진대전 초대 작가이자 SOVOTEC 대표로 일하고 있습니다.

살아 있는 동안
꼭 주고 싶은

선물

김병규 글 · 이태영 사진

 효리원
hyoreewon.com

자연은 신이 사람에게 준 선물입니다

공기는 싱그러운 선물입니다.

허공을 가득 채운 공기 덕분에 우리는 오늘을 숨 쉬며,

생기 있는 삶을 누립니다.

물은 맑은 선물입니다.

물이 있으므로 우리는 마음을 촉촉이 헹구어,

영혼이 깃들게 둥지를 틉니다.

흙은 부드러운 선물입니다.

우리는 흙에 뿌리를 내림으로써 휴식을 갖고,

거듭나는 새 삶을 누립니다.

햇볕은 따뜻한 선물입니다.

우리는 햇볕으로 데워져 가벼운 마음을 가질 수 있습니다.

또, 밝은 세상을 맞을 수 있습니다.

우리는 볕과 빛으로 하여금, 새싹이 움트는 기적을

만날 수 있습니다.

자연보다 더 고마운 선물은 없습니다.

이 귀한 선물은 우리 누구나, 언제나 받을 수 있답니다.

그리고 우리가 어느 누구에게나 늘 줄 수 있습니다.

선물을 주는 법은 나무에게 배우면 됩니다.

꽃의 향기로 골고루 나누는 요령을 가르치고, 열매의 단물로

쓰임새 있게 전하는 길을 일깨우고, 나뭇잎의 떨어짐으로

남김없이 주는 법을 알려 줍니다. 그런 다음에, 앙상한 가지로

나누는 삶이 축복이라는 본보기를 보입니다.

선물을 받는 법도 나무에게 배울 수 있습니다.

수천수만의 이파리로 햇볕을 떠받들어 받습니다.

그 세밀하고 민감한 뿌리로 물과 거름을 정성껏 받습니다.

이렇게 받은 선물을 오래 간직하기 위해 그늘로 덮어서

발효시키는데, 그 과정과 자세가 경건합니다.

이 책에 실린 글과 사진은 자연의 선물을 형상화해 놓았습니다.

사진으로 생각을 보십시오.

글로 자연을 들으세요.

이 선물을 당신께 감사히 드립니다.

글쓴이 김병규

제1장

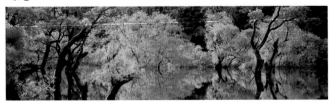

물은 움직여요

제2장

풀은 흔들려요

제3장

나무는 자라요

제4장

꽃은 떨어져요

물은 움직여요

참 먼 데서 흘러왔으며
또 그보다 더 먼 곳으로 흘러갈 터입니다.
흐르면서 물은,
땅의 가려운 곳을 긁어 주고
바람의 때를 씻어 주고
물 자신의 곪은 데를 도려냅니다.
사람은 흐르지 못하는 까닭에
물을 흉내 낼 수 없습니다.

둘

둘이 있으면, 파도가 출렁거려도 평화롭습니다.
여느 새들이 풀밭에서 걷는 것처럼
균형 잡기 쉬우니까요.
둘이 있으면, 비가 내려도
바람이 불어도 근심이 없습니다.
어디에서든 날개를 접으면 우산이 되고
날개만 접으면 둥지가 생겨나니까요.
둘이 있으면, 깜깜한 밤이 와도 무섭지 않습니다.
함께 새벽을 기다리는 건 아무것도 아니니까요.
둘이 있으면, 독수리가 와도 무사합니다.
머리, 부리가 둘씩에 눈이 넷 달린 괴물인 줄 알고
스스로 비켜 갈 테니까요.
하나는 외롭고, 셋은 갈등의 시작입니다.
몸은 둘이지만 마음이 하나 되어,
둘이 더불어 행복을 만들어 갑니다.

봄비 내린 뒤

겨우내 그 여린 햇살이
작은 알갱이를 뭉쳐서
가지마다 촘촘히 뿌려 놓더니

봄비 내린 뒤,
그 점점에서
초록 물이 번지고 있습니다.
연분홍 물도 번지기 시작합니다.

이 봄에 우리가 할 일은
그 고운 빛깔이
속속들이 번져 오게
마음을 열어 놓는 것입니다.

이 꽃물이
딴 데로 새나가지 않도록
가지 샅마다
기저귀를 채울 수 없을까요?

물이 흘러요

참 먼 데서 흘러왔으며
또 그보다 더 먼 곳으로 흘러갈 터입니다.

흐르면서 물은,
땅의 가려운 곳을 긁어 주고
바람의 때를 씻어 주고
물 자신의 곪은 데를 도려냅니다.

사람은 흐르지 못하는 까닭에
물을 흉내 낼 수 없습니다.

물이 왜 흐를까, 물어보면
어른들은 대답을 못 합니다.
어디가 위쪽이고
어디가 아래인지를
우리에게 알려 주기 위해서라고,
아이들은 물 흐르듯이 대답합니다.

고요하면 빛이 들려요

움직이지 않습니다.
잔잔한 물을 흔들지 않기 위해서지요.
갓 돋은 연잎의 수줍음을 지우지 않기 위해서지요.
날개 접은 잠자리가 떠나지 않게 하기 위해서고요.
또 물그림자를 그대로 살려 놓고 싶어섭니다.

모두들 말을 하지 않아요.
귀를 열어 놓고 듣기만 합니다.
고요 속에서 들리는 건 소리가 아니라 빛입니다.
꿈이 들립니다.

그림자

새는 그림자가 싫었습니다.
어디든 졸졸 따라다니는 그림자가 싫었습니다.
감시하듯 기웃거리는 게 싫었습니다.
흉보듯, 흉내 내듯 하는 그 몸짓도 싫었습니다.

새는 그림자와 멀어지려고 하늘로 날았습니다.
높이 올라갈수록 땅에 생긴 그림자는 더 커졌습니다.
부풀려진 그림자가 오히려 새를 위협했습니다.

문득 저 아랫녘에서 펼쳐지는 광경이 눈에 들어왔습니다.
빈 집, 빈 마당, 뙤약볕 아래서
아이 혼자서 그림자밟기를 하고 있었습니다.
'그림자와 다정하게 지낼 수도 있구나.'
이런 놀라움이 가슴에서 철렁했습니다.

새는 강물에 내려앉았습니다.
어느 새 하얀 그림자가 물 속에 들어와 있었습니다.
물그림자는 강물이 밀어도 떠내려가지 않았습니다.
새는 강물에 어린 하늘의 그림자도 보았습니다.

새는 그 순간에 깨달았습니다.
'아, 누구나 혼자 있을 땐 외롭다.
그래서 신은 그림자를 선사했다.'
깨달음 역시 생각의 그림자입니다.
새는 이제 그림자를 사랑하기로 했습니다.

초록 동화

신록의 숲에는
초록 새와 초록 나비, 초록 개미, 초록 비단벌레,
초록 사슴들이 살고 있었습니다.
그 아랫마을, 신록이 물든 강에는
초록 물벼룩과 초록 물방개, 초록 피라미, 초록 쉬리,
초록 다슬기가 살고 있을 것입니다.

이들은 초록 소리로 노래를 부르고
초록 꿈도 꾸고
초록 말로 싸우고
초록 생각으로 사랑을 할 터입니다.

저 초록 나라에
초대받기는커녕
출입 금지를 당하는 불쌍한 존재가 있습니다.
초록을 탈색시키고 변색병을 옮기고
색소결핍증을 앓거나 색맹인 자들……
오직 인간들이랍니다.

새싹이 움틀 땐

새싹은 나무 껍질에
보일락 말락
아주 쬐고만 구멍을 뚫고 나옵니다.

엄마가 봄나물 뜯을 때,
아빠가 풀뿌리를 캘 때, 땅에
될 수 있으면 작은 구멍을 파는
그 마음입니다.

우리 옛 조상님들께서 옹달샘에
한 모금 물을 마실 작은 표주박을 놓아 둔 것과
같은 뜻입니다.

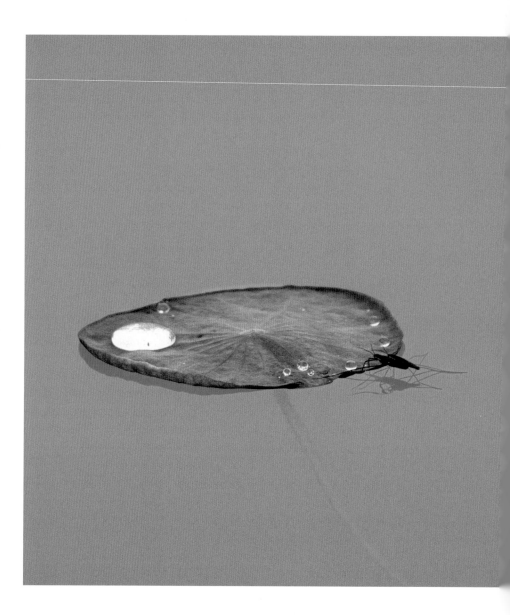

소금쟁이네 집

'재미있거나 뜻있는 일을 하고 싶어.'
이런 바람을 가진 연잎이 살았습니다.
외따로 떨어진 연잎이라
나비도, 잠자리도 오지 않았습니다.
바람도 모르고 지나쳤습니다.
누가 와서 괴롭혀 주는 일조차 없었습니다.
연잎은 물방울을 굴려 몸을 정갈하게 씻으며
기다렸습니다.

갓 결혼한 소금쟁이 부부가 보금자리를 찾아
헤매는 중이었습니다.
신랑 소금쟁이가 먼저 연잎을 보았습니다.
"여기 좋은 집이 있어."
각시 소금쟁이가 반가워 소리쳤습니다.
"누가 우릴 위해 멋진 집을 지어 놓았을까?"

소금쟁이 부부는 이제까지의 긴 여행이 가져다 준
보람인 줄을 알았습니다.
연잎은 이제까지의 기다림이 영글게 해 준
행복이라는 걸 느꼈습니다.

어떤 설치 작품

"저 언덕에 본디 있던 나무들은 어찌 했소?"
주인의 목소리는 퉁명스러웠습니다.
"새로 조경하느라 뽑아 버렸지요."
정원사는 뚱하니 대답했습니다.
"저건 하느님이 해 놓은 조경인데…….
당신 솜씨가 하느님보다 좋단 말이오?"
엄마의 꾸중을 듣는 아이처럼
정원사는 고개를 수그렸습니다.

어느 미술가가 저 잎들보다
더 자연스런 앉음과 여유로운 배열과
조화로운 모양새를 꾸며 낼 수 있을까요?

어느 조명 감독이 저 꽃들보다 더
달빛처럼 은은한 색조와
등댓불같이 멀리 가는 밝음과
별과 별 사이만큼 신비로운 거리를
연출해 낼 수 있을까요?

이 설치 작품 역시 하느님 정원사의 솜씨거든요.

이슬 악보

저 이슬들을 보세요.
저희들 마음대로 가서
마른풀 줄기에 매달렸잖아요.
저렇게 질서 있고 보기 좋잖아요.
키대로 세우지 않고
잘난 차례 매기지도 않고
덩치 큰 순서대로 번호 주지도 않았지만
저리도 조화를 이뤘잖아요.
이슬들이 부르고 싶은 노래의
악보가 되었잖아요.

제발 우리 아이들도 저렇게 그냥 놔두세요.
이슬처럼 부르고 싶은 노래를 부르며
자유롭게 살게 해 주면 좀 좋아요.

두 섬 사이의 징검다리

작은 섬에 한 그루 작은 나무가 외롭게 살았대요.
큰 섬에는 여러 나무들이 숲을 이루고 있었고요.
외로운 나무는 큰 섬에 가서 다른 나무들과 어울리고 싶었지요.
하지만 무심한 뱃사공은 빈 배를 몰고 어디론가 멀어져만 갔어요.
뱃사공은 사람만 태웠지 나무를 태울 줄 몰랐던 거예요.
하루가 저물녘, 가까이 다가온 해님에게 나무가 간절히 부탁했어요.
"해님, 저 쪽 큰 섬으로 가고 싶어요."
해님은 빛덩이 하나를 두 섬 사이에 놓아 주었어요.
뜰 듯 가라앉을 듯 놓인 빛덩이가 마치 징검돌인 양 말이에요.
"제가 건너기엔 아직 너무 멀어요."
"더 필요하다면 네가 만들어라."
해님의 말씀이 고운 빛이 되어 온 하늘에 가득 번졌지요.
얼마 뒤, 바다 위 빛덩이가 작은 나무의 가슴으로 옮겨 갔어요.
그 순간에 사랑, 그리움, 기다림, 정겨움, 아쉬움,
따뜻함이란 말들이 바다 속에서 떠올랐어요.
그 한 낱말 한 낱말이 징검돌이 되어
작은 섬과 큰 섬을 이어 주었지요.
외로운 나무는 이제 큰 섬의 숲으로 갈 수 있다고 믿었어요.
가고 싶은 곳으로 징검다리를 놓는 일이 바로 희망임을
작은 나무는 깨달았대요.

가을 물

봄 물은 새순 같고
여름 물은 신록 같고
가을 물은 낙엽 같습니다.

봄 물은 아이 같고
여름 물은 엄마 아빠 같고
가을 물은 할머니 할아버지 같습니다.

가을 물은
꽃보다 고운 낙엽을 띄워 놓고
어디로 데려갈까 고민하며 흐릅니다.

눈이 내리는 까닭은

눈이 아니라면, 어떻게
저 겨울 풀의 꼿꼿함을 볼 수 있으랴.
눈이 아니라면, 언제
저 야윈 풀의 색깔이 눈에 뜨이랴.
눈이 아니라면, 누가
저 마른풀의 노래에 귀 기울이랴.

눈은
감추기보다 드러내기 위해 내립니다.
덮기보다 들추기 위해 내립니다.
그래서 눈이 내리면 하얀 새 세상이 됩니다.

하느님도 가끔은
자랑하고 싶습니다.
눈 오는 날에
새삼 보이는 것, 들리는 것들을…….
좋은 것을 감추지 못하기는
아이나 하느님이나 똑같습니다.

제2장

풀은 흔들려요

풀들은 흔들리며 자랍니다.
바람 탓에 흔들리는 게 아닙니다.
흔들리는 것은 자람의 무늬입니다.
흔들리는 것은 생각의 무늬입니다.
저 몸짓이 가볍고, 저 손짓이 정겹고,
저 표정이 밝고, 저 어울림이 싱그럽고,
저 아우성이 조용한 것은 흔들리기 때문입니다.
풀들이 흔들리면서 자랄 수 있음은 언 땅에 내린
실뿌리들이 지구의 중심까지 이어진 덕분입니다.

잡초의 노래

이 세상에 잡초라는
풀은 없습니다.
이 세상에 잡목이라는
나무는 없습니다.
이 세상에 잡인이라는
사람도 없습니다.

— 잡인의 출입을 금합니다!
— 잡상인 출입 금지!
아무도 여기에 해당되지 않습니다.

풀밭의 백열등

누가 내 머릿속에 작은 백열등을 하나 달아 주면
그래서 늘 깨어 있게 해 주면
나는 그 전공을 존경할 터입니다.
또 누가 내 가슴 속에 작은 백열등을 하나 켜 주면
그래서 언제나 마음이 식지 않도록 해 주면
나는 그 전공에게 감사를 드릴 터입니다.

희망이란, 이 백열등의 희미한 빛을 좇는 것입니다.
행복이란, 이 백열등의 미미한 온기를 느끼는 것입니다.
보람이란, 이 백열등의 희생을 고마워하는 것입니다.
삶이란, 이 백열등의 밝음과 다스함을 지키는 것입니다.

들판에, 산기슭에, 길섶에
총총총 켜 놓은 저 백열등을 보세요.
이제 보니 잎도 꽃도 열매도 다 등불입니다.
저런 백열등을 만들 전공이야 하느님 말고는 없습니다.
저 백열등 곁 어디쯤에
아, 내 머리, 내 가슴을 걸어 두고 싶습니다.

풀과 이슬

풀은 이슬의 무게를 헤아려
제 힘껏 이슬을 매달려 애쓰고
이슬은 풀의 어깨 힘을 배려해
제 몸을 잔뜩 웅크리며 한껏 가벼워집니다.
그 긴장이 조화롭습니다.

풀은 또 이슬의 마음을 잘 알아
더 오래 머물도록 받쳐 줍니다.
"이젠 됐어요. 다른 친구들에게
자리를 비워 줘야지요."
이슬은 바람의 힘을 빌려 때맞춰 떨어집니다.

풀과 이슬의 관계처럼
아이들의 사귐과 다툼에도
놀이와 공부에도, 시기와 부러움에도
조화로운 긴장이 흘러야 합니다.

새순은 예언자

새순은
봄을 맨 먼저 느끼는 힘을 가졌고
이르지도 늦지도 않은
꼭 그 때에 눈을 뜰 줄 아는 힘을 가졌습니다.
새순에게는
바람에 흔들릴 줄 아는 힘이 있고
이슬을 맺는 힘이 있고
간밤에 본 별의 반짝임을 기억하는 힘이 있고
날마다 꼭 그만큼씩 자라는 힘이 있으며
앞날을, 꽃과 열매를 예언하는 힘을 지녔습니다.
또 거친 손길에는 꺾일 줄 아는
신의 힘도 숨기고 있습니다.
새순은
맑은 표정을 지을 줄 아는 힘을 스스로 발견하고
위로 자라는 힘을 충전하며
생명의 발화점까지 스스로 데우는 힘도 지녔습니다.

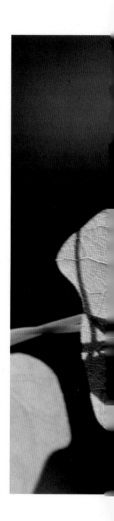

보리에게 배울 점

인생을 살아가면서
우리는 보리만한 스승을 만나기 어렵습니다.

가을걷이가 끝난 그 빈 들판에서
오직 씨앗을 뿌려야 함을 보리에서 배웁니다.
생명은
언 땅 속에서 싹틀 만큼 놀라운 힘을 가졌음을,
하얀 눈과 찬 서릿발 속에서 오히려
더 싱싱한 희망을 꿈꾸는 의지를 가졌음을,
우리는 보리한테서 배웁니다.
보리는 또 들판을 먼저 초록빛으로 물들이고
다른 새 생명들을 아울러 봄을 만듭니다.
이제 새들이 이랑에 둥지를 틀어 알을 낳게 허락하고
다른 풀들이 둑을 차지해도 간섭하지 않고
스쳐 지나가는 봄바람, 봄비까지 온몸으로 받아 주는
보리에서, 우리는 너그러움을 배웁니다.
무엇보다도
아무리 배가 고파도
익을 때까지 기다려야 함을
우리는 보리를 통해 알게 됩니다.

요즘 보리가 없고
비닐하우스만 허옇게 펄럭이는 들판을 보면
스승이 없는 난장판 세상을 보는 것만 같습니다.

강아지풀 이야기

강아지도 강아지풀 앞을 지나며 강아지풀인 줄 몰랐습니다.
나비는 강아지풀 꽃에 앉아 쉬면서도 그게 강아지풀이 아니라고
했습니다. 개미들은 강아지풀 꽃에까지 기어올라 와서 보고도
초록색 꽃이 어디 있느냐고 웃었습니다.
강아지 눈도 닮지 않고, 강아지 머리를 닮지도 않고,
강아지 귀도 코도 닮지 않고, 겨우 꼬리만 닮은 강아지풀을
강아지도 업신여겼습니다. 고운 빛깔도, 좋은 향기도,
단물이 고인 열매도 없다.
아니다, 없다, 아니다, 없다, 아니다 별의별 소리를
다 듣는 강아지풀이었습니다.
터무니없는 편견 속에서도 강아지풀은 강아지풀 꽃을 피우고,
강아지풀 씨앗을 맺으며, 강아지풀의 삶을 훌륭히
살았습니다. 가을 강아지풀의 끝물 꽃이
금방 켜진 꼬마전구처럼 반짝입니다.

자연의 속삭임

고개 숙인 할미꽃은 할머니가 아닙니다.
이 보송보송한 솜털을 보세요.
할미꽃은 배릿한 젖내가 물씬 풍기는,
알몸이 더 귀여운 아기입니다.
할미꽃은 할머니가 아닙니다.
이 솜털에 알알이 맺힌
작고 영롱한 이슬 방울을 보세요.
할미꽃은 눈빛이 맑은 소녀입니다.
할미꽃은 할머니가 아닙니다.
저 붉은 입술과 가녀린 허리를 보세요.
할미꽃은 사랑에 빠진 아름다운 여인입니다.
아! 그렇지만, 고개를 쳐든
할미꽃은 할머니가 되고 말았습니다.

기도하는 풀잎

풀잎은 기도하는 손입니다.
간절히 기도하는 여린 손입니다.

이슬도 빗방울도 바람도 발길도 햇빛조차도
결코 훼방꾼이 못 됩니다.
풀잎의 기도를 방해하지 못합니다.

사랑에 눈먼 잠자리 한 쌍이
무례히 내려앉아도
오히려 그들을 위해 기도하기 때문입니다,
풀잎은.

풀잎의 기도는 한 손으로 해도 지성이고
두 손 세 손 모아서 해도 풋내처럼 순수합니다.

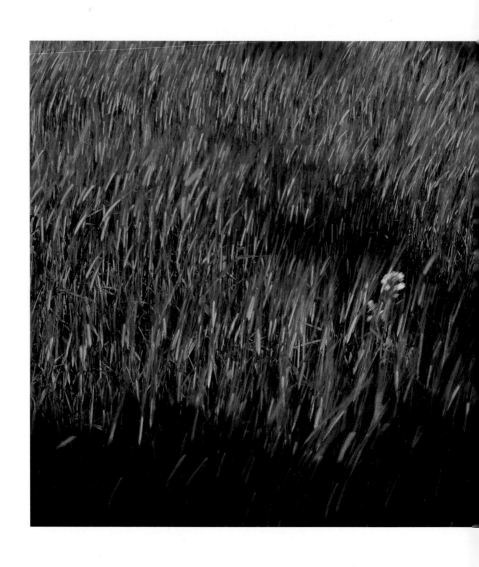

풀들은 흔들리며 자랍니다

바람 탓에 흔들리는 게 아닙니다.
흔들리는 것은 자람의 무늬입니다.
흔들리는 것은 생각의 무늬입니다.
저 몸짓이 가볍고
저 손짓이 정겹고
저 표정이 밝고
저 어울림이 싱그럽고
저 아우성이 조용한 것은
흔들리기 때문입니다.
풀들이 흔들리면서 자랄 수 있음은
언 땅에 내린 실뿌리들이
지구의 중심까지 이어진 덕분입니다.
흔들리는 동안엔 웃자라지 않습니다.
흔들리면서 균형을 잡으면 꽃을 피우고
흔들리면서 조화를 이루면 열매를 맺습니다.
풀들은 흔들리면서, 흔들리면서 살지만
쓰러지지 않습니다.

억새의 순정

날이 저뭇해서야 비탈에서
저리나 간절한 몸짓을 보내십니까?
저 하얀 새폼*의 반짝임은
또 무슨 신비로운 신호란 말씀입니까?

누구는 땅의 온기가 증발하는 아지랑이라고 했습니다.
아무개는 벗을 부르는 외로운 이의 손짓이라고 보았답니다.
또 다가오는 겨울이 두려워 떨고 있다고 우겼습니다.
땅이 하늘에 보내는 엽서라는 어른도 있었습니다.

한 아이가 혼잣말을 했습니다.
"억새가 저녁 햇살을 모아 쥔 손이어요.
작은 볼록 렌즈와 같은 손들 말이에요."
어디다 쓰는 볼록 렌즈냐고 어른들이 물었습니다.
아이는 볼록 렌즈처럼 동글린
작은 손을 제 가슴에 올려놓았습니다.
아, 저 순정의 볼록 렌즈들,
그 초점을 잘 맞춰
식어 가는 우리 양심을 따뜻이 데워 보라는 뜻이었습니다.

*새폼: 억새의 꽃.

마른풀

마른풀들은 저마다
쉬지 않고 작은 발전기를 돌립니다.
마른풀들은 마른풀끼리
그 얇은 잎을 마주 비비고 비벼 발전합니다.
이렇게 일으킨 황색 전기로 땅을 데우고
뿌리 틈에 지어 놓은 벌레들 집에 난방하고
맨 나중에 곱은 제 손가락 발가락을 녹입니다.
알게 모르게 새어 나간 전기는
강물이 얼지 않게 합니다.
그 물에서 놀다가 푸드덕 날아오르는
새들이 발목을 발갛게 덴 것을 보면
그 누전이 녹록찮음을 알 수 있습니다.

마른풀은
제가 흘린 땀에 젖었습니다.

이마 위에 발을 얹어도

풀들이 어울려 사는 꼴을 보면,
바람에 눕고 흔들리면서, 비에 젖으면서
그러다 아무 일 없는 듯 시치미 떼며 일어나는
풀끼리 살아가는 꼴을 보면,
내 어린 시절이 삼삼히 떠오릅니다.

우리 어버이에 칠 남매 아홉 식구가
초가삼간에서 아근바근 살았을 적엔
마냥 살갑기만 했습니다.

이마 위에 발을 얹고
다리에 다리를 걸치고
또 팔로 허리를 감으면서
저 뒤엉켜 사는 풀들을 보세요.

우리도 그렇게 살았을 적엔
덩굴처럼 서로서로 마음 이어져 있었고,
잎사귀끼리는 서로서로 자리 내주며
가진 것 없어도 모자람은 모르며 살았습니다.

지구의 속옷

이 풀을 날로 삼고
저 풀을 씨로 삼아
바람들이 베를 짭니다.
그 초록 베는 지구의 속옷이 됩니다.

포크레인으로 산을 허물고
불도저로 들판을 밀어붙이고
대형 트럭으로 쓰레기를 실어다 늪을 메우는 짓은
지구의 속옷을 당기고 벗기고 찢는
뻔뻔스런 죄입니다.

지구의 성스러움을 더럽히지 마시오.
지구의 성스러움을 놀리지 마시오.
지구의 성스러움에 장난하지 마시오.
지구의 성스러움을 짓밟지 마시오.
지구는 초록 성인입니다.

풀처럼 납작 엎드려 참회의 기도를 올립시다.
이슬 같은 눈물을 흘리면서.

여린 풀을 원사로 삼아
바람들이 짜 놓은 원단,
그 위에 수놓은 풀꽃처럼
우리들의 성스러움도 그렇게 피어납니다.

| 제3장 |

나무는 자라요

산등성이에 서 있는 한 그루 겨울 나무는 지금이 계절의
어디쯤인지 알려 주는 세상에서 가장 정확한 눈금입니다.
햇살이 얼마나 따사로운지를 나타내는 아주 민감한 바늘입니다.
바람이 어느 쪽으로 불어 가는지 가리키는 흔들리지 않는 풍향계입니다.
땅이 얼마나 얼었는지를 잴 수 있는 바른 잣대입니다.
또 길이 지워진 산에 오르는 사람들에겐 작은 등대입니다.

기다리는 자세

나무는 늘 서 있습니다. 깨었을 적에도 서서 있고,
또 서서 잠을 잡니다. 나무가 서 있는 것은 무엇인가를
기다리기 때문입니다. 기다리다 보면, 바람이 찾아왔습니다.
"가끔 누워서 쉬시지요."
나무는 잎을 흔들어 말합니다. 그러다간 잊어버릴 수
있다고요. 또 기다리다 보면, 구름이 찾아왔습니다.
"앉아서 나를 쳐다보면 편안할 텐데……."
나무는 잔가지를 흔들어 말했습니다.
그러면 오래 기다릴 수 없다고 말했습니다.
그렇게 기다리다 보면, 새들이 찾아왔습니다.
"어디 기대어서 지내면 수월할 거예요."
나무는 우듬지를 흔들어 말했습니다. 기다리는 쪽이
편한 자세보다 오는 분이 찾기 좋은 자세로 기다리는 거라고요.
모두 잠든 밤에 별이 찾아와서 나무에게 귀엣말로 물었습니다.
"너는 어찌 돌아서지도, 돌아눕지도, 돌아갈 줄도 모르니?"
나무는 수줍은 듯 아래 가지만 가만히 흔들며 어둠 속에서
웃었습니다. 새벽이 오고, 드디어 해가 솟았습니다.
기다리던 나무는 햇귀를 온몸으로 받았습니다.
그 모습을 부러워하는 풀과 개미와 여치들에게 나무가 말했습니다.
"기다림이란, 그냥 서서 세월을 보내는 게 아니야.
기도하며 마음을 비우는 거란다."

전생과 후생

꽃의 후생은 열매고,
열매의 전생은 꽃입니다.
전생은 노란색이고,
후생은 붉은색입니다.
전생은 위로 쳐들렸고,
후생은 아래로 드리워졌습니다.
전생은 펼쳐졌고,
후생은 오그라들었습니다.
전생은 향기를 밖으로 날리고,
후생은 향기를 안으로 숨깁니다.
전생은 하늘에서 오고,
후생은 땅으로 갑니다.
꽃은 아직 후생을 모르고,
열매는 벌써 전생을 잊었습니다.
전생과 후생의 거리는
안타까움만큼 떨어졌습니다.

나무와 나무와 나무 사이는

나무와 나무 사이를 유심히 보십시오.
우리가 얼마나 떨어져 살아야 하는지를 가르쳐 줍니다.

바람이 지나는 데 걸림이 되지 않을 만큼,
산새들이 이 가지서 저 가지로 옮겨 가는 데 힘들지 않을 만큼,
내려오는 햇살에 가림이 되지 않을 만큼,
키 낮은 나무의 꽃들이 밤하늘의 별을 못 보게 가리지 않을 만큼…….

나무와 나무 사이를 눈대중으로 재어 보십시오.
우리가 얼마나 거리를 두고 지내야 하는지를 가르쳐 줍니다.

산을 오르는 사람들이 길 하나를 낼 수 있을 만큼,
개울에 물 먹으러 가는 산짐승 모두에게 길이 될 만큼,
멀리서 날아온 풀씨들이 땅까지 내려갈 수 있을 만큼,
나무와 나무가 서로 손잡고 산을 에워쌀 수 있을 만큼…….

나무와 나무 사이의 거리는 참 신비롭습니다.
쫓기는 사슴에게는 쉽게 빠져나갈 수 있는 뚫림이지만
쫓는 너구리에겐 결코 빠져나갈 수 없는 막힘입니다.

마지막 잎새에게

어서 떨어지세요.
무슨 미련인가요?

나뭇가지가 힘겨워해요.
미련처럼 무거운 게 없대요.
어서 비워 주세요.
나뭇가지가 어지러워해요.
미련처럼 지겨운 얼룩이 없대요.
그 얼룩을 지우려고
겨우내 바람이 불잖아요.
새 그림을 그릴 공간을 만들어 주세요.
떨어짐을 무서워 마세요.
내려감은 아름다운 변화니까요.
순리는 늘 평화를 낳아요.

겨울은 봄에서 가장 가까운 계절이어요.
어서, 어서 떨어지세요.

향기의 곡선

저 부드러운 곡선은 향기를 가두는 둑입니다.
바닷물을 가두어
소금을 만드는 염전의 둑처럼
햇살, 달빛, 별빛, 바람, 갯내, 흙내, 안개, 비, 그림자,
이슬과 구름, 개미와 지렁이까지 가두어
시간의 채로 향기를 걸러 냅니다.
이 향기들은
고랑에 감추어진 아낙네의 발자국에
고여서 발효합니다.

저 부드러운 곡선은 향기가 흐르는 실개울입니다.
여기엔 침묵의 물고기가 삽니다.
찻잎은 그 초록 물고기 떼랍니다.
초록 물고기들은
마음의 강에 헤엄쳐 다니면서
향기의 물살을 일으킵니다.

꿈을 덮는 이불

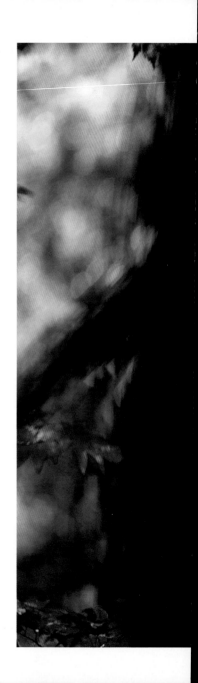

나뭇잎들이 왜 붉게, 노랗게
물드는지 아시나요?
꿈자리를 만들기 위해섭니다.
고운 나뭇잎들은 곧 땅에 떨어져
꿈들의 이불이 되지요.
그 이불 아래서는
꿈이 누워 한숨 자고 나서
꿈싹을 틔웁니다.
이제 새 꿈들은 그 이불 위에서
뛰놀다가 앉아서 쉬지요.
나중에 때가 되면 꿈꽃을 피우지요.

나뭇잎 다 떨어진 벌거숭이 나무는
꿈꾸는 모습입니다.
찬바람이 흔들어도, 흰 눈이 짓눌러도
겨우내 깨지 않고 꿈만 꿉니다.
아이들은 나무를 바라보며
꿈꾸기를 배웁니다.

단풍

산의 몸짓은 바람입니다.
산의 목소리는 물소리입니다,
맑은 골짝에 흐르는.
산의 표정은 단풍입니다.

산은 지금 사랑에 빠졌습니다.
빛깔만큼
자랑스럽고도, 좀 수줍은
첫사랑에 빠졌습니다.

가을 산은 왜?

산이 왜 저리도 부끄러워할까요?
누가 산을 저리도 부끄러워하게 만들었을까요?
온 산에 홍조가 철철 넘칩니다.
산이 왜 저렇게 안타까워할까요?
누가 산을 저렇게 안타까워하게 만들었을까요?
산의 가슴 속은 저보다 더 붉게 타고 있을 것입니다.
산이 왜 저토록 화가 났을까요?
누가 산을 저토록 화나게 만들었을까요?
산 얼굴이 붉으락푸르락합니다.
산짐승 탓일까요?
산새들 탓일까요?
멀찍이서 시치미 떼고 있는 사람들 때문일까요?
바위는 다 알면서 말이 없네요.

알지만 말하지 않아요

지금 겨울 나무는 눈을 떴을까요, 감고 있을까요?

아마도 뜨고 있겠지요.
눈을 감아도 하얀 세상이 떠오를 테니까요.
아니, 눈을 감고 있겠지요.
눈을 떠도 하얀 세상만 보일 테니까요.

또 모르지요.
겨울 나무는 눈을 떴다 감았다 할지도 몰라요.
그러면서 누구를 기다릴 거예요.
시린 하늘을 향한 예민한 촉각을 보면요.

겨울 나무는 바람이 불어와도 반갑고
철새가 날아와도 고맙고
별빛이 내려와도 눈물이 난대요.
발자국을 남기지 않는
뒤끝 깨끗한 만남에 '윙윙' 공명해요.

흔적 없이 하얀 모습으로 왔다 간 분이 또 계십니다.
나무 뿌리를 깔고 앉아 한참 쉬고 가셨지요.
그분을 가리켜 눈사람이라고도 하지만, 글쎄요.
겨울 나무만 그분을 보았어요.
알지만 결코 말하지 않는 겨울 나무여요.

살아 있는 눈금

산등성이에 서 있는 한 그루 겨울 나무는
지금이 계절의 어디쯤인지 알려 주는
세상에서 가장 정확한 눈금입니다.
햇살이 얼마나 따사로운지를 나타내는
아주 민감한 바늘입니다.
바람이 어느 쪽으로 불어 가는지 가리키는
흔들리지 않는 풍향계입니다.
땅이 얼마나 얼었는지를 잴 수 있는
바른 잣대입니다.
또 길이 지워진 산에 오르는 사람들에겐
작은 등대입니다.
흰 눈이 온 산을 뒤덮을지라도
겨울 나무의 언 가지 하나를 수굿하게 하지 못하고
그 당당함을 누그러뜨리지 못하는 것은
바로 살아 있는 눈금인 까닭입니다.

생각하는 나무들

저녁 노을이 번지는 이 시간에
나무들은 생각에 잠깁니다.

스쳐 가는 바람을 모르는 척하지 않았는지
날아드는 나비, 벌이며 새들을 푸대접하지 않았는지
땅에 엎드린 풀들을 업신여기지 않았는지
쨍쨍 햇볕을 고마워하기는커녕 얼굴을 찡그리지 않았는지
또 이제 곧 돋아날 별들과
새 아침에 솟아오를 해를 맞을 준비는 제대로 됐는지

노을 지는 이 시간엔
산 아래 아이들도 나무처럼 생각에 잠깁니다.
나무를 흉내 내는 아이도 있고
더러는 나무를 닮으려고 애쓰는 아이도 있습니다.
하지만 어른처럼 나무를 모르는 척
외면하는 아이는 하나도 없습니다.

소나무의 신발

소나무의,
눈 속에서도 창창한 기상은
저리나 올곧게 자란 기골은
저마다 알맞게 제자리를 잡은 기틀은
서로 배려하고 양보하며 사는 넉넉한 기품은
오로지 신에서 비롯됩니다.
저리 오래도록 서서 하는 기도는
좋은 신발을 신었기에 가능한 것입니다.

걷기 위해서가 아니고 서 있기 위한
소나무의 신은,
한 켤레의 흙, 지구입니다.

나뭇잎의 명상

수도승처럼 낮은 땅으로 내려와서는
다시 얼음 속으로 들어갔습니다.

얼음 속의 낙엽처럼 차가워지세요.
그러면 맑아질 것입니다.
얼음 속의 낙엽처럼 메마르세요.
그러면 가벼워질 것입니다.
얼음 속의 낙엽처럼 잊어버리세요.
그러면 새로워질 것입니다.
얼음 속의 낙엽처럼 색깔을 버려요.
그러면 화려해질 것입니다.
얼음 속의 낙엽처럼 단절하세요.
그러면 새 인연이 생길 것입니다.
얼음 속의 낙엽처럼 바스러져요.
그러면 다시 태어날 것입니다.

이 가랑잎은 액자 속에 든 사상이 아니고
이 나뭇잎은 박제된 예술도 아닙니다.
어느 거룩한 분이 남긴 명상의 손자국입니다.
어느 아름다운 분이 남긴 명상의 발자국입니다.

제4장

꽃은 떨어져요

그 고운 빛깔, 때깔은
아무에게나 나눠 주고
향기는 바람에게 그냥 주고
단물은 벌, 개미에게 몰래 주고
꽃가루는 나비에게 떨어 줍니다.
그런 다음에 나머지는 매매 부시어
사람들에게 골고루 갈라 줍니다.
이제 가볍게 떨어집니다.
떨어져야 진짜 꽃입니다.
스스로 떨어질 때, 비로소
나무보다 뜻있는 꽃이 됩니다.

흘러가는 동백꽃

아직 할 말이 남았습니다.
빨간 입술과 노란 혀로
못다 한 삶을 이야기합니다.

아직 가야 할 곳이 있습니다.
물길을 따라 동동동
그 곳을 향해 흘러갑니다.

아, 동백꽃 한 송이
어디쯤에서
어떤 심청이로 환생하려는 걸까요?

향기는 고통에서 생겨요

꽃 한 송이도 절로 피는 것이 아닙니다.
꽃 한 송이도 쉽게 피는 것이 아닙니다.
밤새 식은땀을 흘리고
밤새 몸부림친 끝에, 그렇게 꽃 피웁니다.
새벽에 이슬에 젖은 꽃을 보면 알 수 있지요.
사람의 눈에 비친 고움은
꽃으로서는 아픔을 증류시켜 얻어 낸 색깔입니다.
사람의 코에 느끼는 향기로움은
꽃의 고통이 승화한 기체입니다.
정말이냐고 꽃에게 물어보세요.
꽃은 시인처럼, 철학자처럼 대답할 거예요.
아픔의 나이테가 없는 인격은 그림자일 뿐이며,
고통의 옹이가 없는 사상은 연기처럼 맵다고.
이 세상에 절로 피는 꽃은 한 송이도 없습니다.
이 세상에 쉽게 피는 꽃은 한 송이도 없습니다.

존경하는 꽃에게

미농지처럼 얇은 겨울 볕에서
그 온기, 그 환함, 그 빛깔을
어떻게 받아 모아
갈무리했을까요?

이 봄에
대견하게 꽃을 피웠습니다.
노란 부스러기는 따로 모아
꽃술까지 만들어 꾸몄습니다.

저 붉은 꽃불이 아니면
무엇이 세상을 따뜻하게 데우겠어요?

아빠 방을 엿보는
아기 같은 바람

물은 연꽃이 어지러울까 봐
연잎처럼 가만히 앉았고,
연꽃은 물이 흔들릴까 봐
물그림자처럼 다소곳이 서 있지요.

바람은
아빠 방을 엿보는 아기처럼
둑을 못 넘고,
그래서 연못은 더욱 고즈넉하지요.

한 송이 연꽃은

연꽃은 연못보다 큽니다.
연못이 연꽃을 품은 게 아니라
연꽃이 연못을 품고 있습니다.
아무리 큰 못도
작은 연꽃 한 송이만 피면 연못이 되니까요.
그 향기가 널따란 연못을 가득 채우고
물결 따라 남실남실
바람결 따라 넘실넘실 넘쳐나니까요.

꽃 한 송이가

꽃을 만나고 가던 바람은
자신이 달라졌음을 맨 나중에 압니다.
단풍나무에 앉아 기다리던 새가,
"꽃바람님!" 하고 불렀을 때도 잘 몰랐지요.
"내가 왜 꽃바람이야?"
바람은 혼잣말로 되물었습니다.
그 물음에 새가 대답했습니다.
"꽃 향기를 품고 있으니 꽃바람이죠."
나비도 그렇다는 듯 춤을 추었습니다.
바람은 꽃을 만난 뒤 산보다 더 커졌습니다.

꽃 한 송이가 세상을 바꿔 놓았습니다.
꽃 한 송이가 피어나면 산은 꽃동산이 되고,
꽃 한 송이가 피어나면 들판은 온통 꽃들이 됩니다.
꽃 한 송이는 달라짐의 시작이지요.
이 힘, 이 신비는,
남을 위해 향기를 만드는
꽃의 고운 마음에서 자란답니다.

잎과 꽃

초록 이파리는
두 손을 살포시 펼친 모습이어요.
진실한 베풂의 형상이지요.

분홍 꽃봉오리는
두 손을 고이 겹쳐 모은 모습이어요.
경건한 기도의 자세이지요.

이 잎과 꽃의 어울림을
우리는 향기로 느낄 수 있어요.

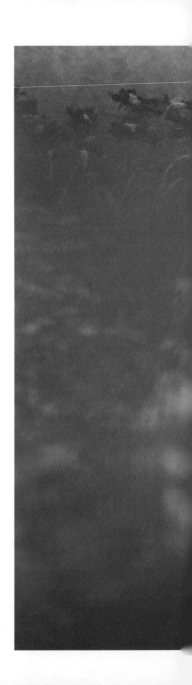

생명의 색깔

꽃 한 송이가 피어나는 거나
새 한 마리가 깨어나는 거나
한 아기가 태어나는 거나
우주가 탄생하는 거나 매한가지입니다.

시간이라는 저울로 달아도
공간이라는 저울로 달아도
꽃 한 송이, 새 한 마리나
한 아기, 한 우주가
다 같은 무게입니다.

꽃이 아름다운 까닭

꽃은 자기를 반짝이는 별로 보는 사람에게
밝음으로 등대가 되어 주고
맑음으로 나침반 구실을 해 줍니다.

한 송이 꽃을 해님으로 보는 사람도 있습니다.
꽃은 그런 사람에게
따뜻함으로 사랑을 전하고
때론 뜨거움으로 열정을 느끼게 합니다.

꽃을 꽃으로만 보는 정직한 사람에겐
온 힘을 다해 향기를 선사합니다.
작은 꽃에서 우주를 보는 사람에겐
우주를 통째 보여 줍니다.
추억으로 보는 사람한텐 추억이 되어 주고,
미래로 여기는 사람한텐 미래에 대한 환상을 줍니다.

그러나 꽃은, 결코
사람에게 무엇을 바라지 않습니다.

꽃들에게 드리는 부탁

별은 아래로 빛날수록 아름답습니다.
아래로 반짝이는 별은
그래서 사람들의 우러름을 받습니다.

꽃도 별을 닮았습니다.
위로 향하여 고개를 든 버거운 꽃보다
아래로 다소곳이 피어
사람들과 얼굴을 마주하고
땅으로 향기를 내려보내는
그 작은 꽃이 더 아름답습니다.

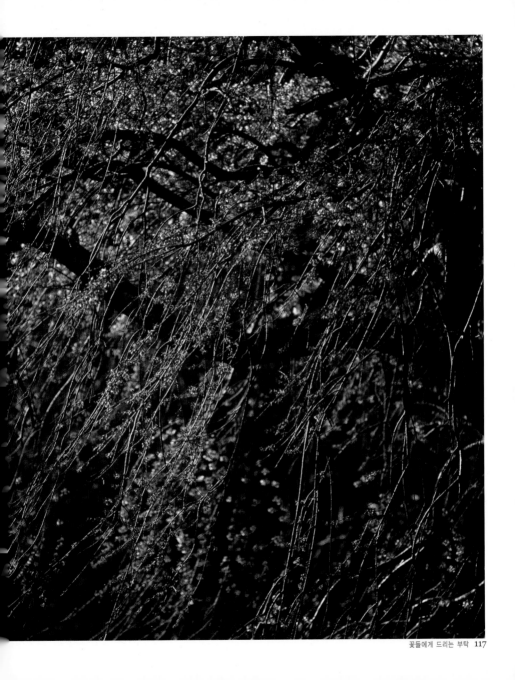

바위의 속마음

바위는 잊지 않았습니다.
제가 붉은 용암이었다는 아득한 기억을.
그 용암은 뜨겁고 유황 냄새를 풍겼다는 것을.
또 땅 속 깊은 데서 분출했다는 것을.

아직까지 가슴 속속들이 스며 있는
그 색깔과 온기와 냄새와 힘을 고스란히 모아,
바위는 꽃 몇 송이를 피워 냈습니다.
언뜻 드러내 보이는 바위의 속마음이지요.

우리도 가슴을 열어젖히면,
곱거나 다습거나 향기롭거나 순수함이 머물
텃밭 같은 자투리 공간이 있을까요?
그 곳에 꽃 몇 송이가 피었을까요?
꽃은커녕 돌멩이 몇 덩이가
자그락거리고 있지나 않을지 두렵습니다.

서리 밭에 남은 꽃

하얀 수면제가 땅을 잠재웁니다.
풀들이 잠드는 건 그 다음입니다.

모두 잠든 이 순간에
노란 꽃 한 송이가 살피고 있습니다.
"누가 아직 잠 안 들었나?"
아이가 한 눈만 뜨고
엄마도 잠들었는지 엿보듯 합니다.

찬 잠자리에서 가장 깊은 수면을 가질 수 있습니다.
찬 쉼터에서 가장 아늑한 휴식을 얻을 수 있습니다.

이제 모두 잠들었다는 신호는,
잠 깨는 날 다시 만나자는 약속은,
남은 저 꽃 한 송이로도 넉넉합니다.

떨어져야 꽃입니다

그 고운 빛깔, 때깔은 아무에게나 나눠 주고
향기는 바람에게 그냥 주고
단물은 벌, 개미에게 몰래 주고
꽃가루는 나비에게 덜어 줍니다.

그런 다음에 나머지는 매매 부시어
사람들에게 골고루 갈라 줍니다.

이제 가볍게 떨어집니다.

떨어져야 진짜 꽃입니다.
스스로 떨어질 때, 비로소
나무보다 뜻있는 꽃이 됩니다.

2015년 01월 10일 2판 1쇄 펴냄
2009년 02월 20일 1판 1쇄 펴냄

펴낸곳 (주)효리원
펴낸이 윤종근
글쓴이 김병규 · **사진** 이태영
사진 편집 백종하

등록 1990년 12월 20일 · **번호** 2-1108

우편 번호 110-360
주소 서울시 종로구 율곡로 10길 20
대표 전화 3675-5222 · **편집부** 3675-5225
팩시밀리 765-5222

ⓒ 2009 · 2015, 김병규 · 이태영

ISBN 978-89-281-0423-9 03810

홈페이지 www.hyoreewon.com